よみたい万葉集　ポケット

万葉写真帖

監修 村田右富実 ／ 写真 牧野貞之

はじめに

「万葉集を読んでみたい」ということばの裏側には「読みたいけれど難しい」という気持ちが貼り付いている。たしかに『万葉集』が成立した一二五〇年も前のことばをそのままに理解しようとすると、高校時代の古典文法を思い起こすだけで萎《な》えてしまう。また、一二五〇年の時間は、文化や文明を大きく変容させてしまった。けれども、全ての基本となる人間の心は変化するはずもない。嬉しい、悲しい、辛《つら》い、愛《いとお》しい、そうした心のざわめきが『万葉集』には満ち溢れている。奈良時代の人々の心のざわめきに触れられるのは幸せである。「読みたいけれど難しい」は封印して、「読んでみたい」だけで行動することをお勧めする。

本書を開くとすぐに分かるけれども、現代語訳も解説も見当たらない（最後に簡単なものを付しています）。これは、「何はともあれ歌に接して欲しい」、「歌の音をそのまま心の中で再現して欲しい」という気持ちの表れである。意味はとりあえず問わずにおこう。英語が分からなくてもビートルズを聞く人はたくさんいる。子守歌の意味を理解している赤ちゃんはいない。意味に先んじて、メロディーやリズムに心は動く。短歌の音調だけでも十分である。

そして、本書におけるメロディーやリズムの役割は、牧野貞之氏の写真も担ってくれている。牧野氏は大和の風景写真の泰斗・入江泰吉氏のお弟子さんである。入江氏の写真が持つ高い叙情性を存分に引き継いだ牧野氏の写真は、確実に万葉歌の視覚化を促す。五七五七七という短詩形は感情の瞬間を切り取るのに長《た》けている。一方、写真は空間の瞬間を切り出してしまう。写真と短歌の相性がよいのは、決して偶然ではない。また、本書は歌を地域毎に並べることも、歌の内容によって分類もしていない。近畿の歌に限り、『万葉集』に登場する順に並べただけである。瞬間の感情と空間は、ページをめくるたびに違っていて、そこに、こちら側で用意した特定のストーリーを組み込みたくなかったからである。開いたページは万葉への入口であり、閉じたページは万葉からの出口となる。

無理を承知でいえば、本書をバッグの底に潜ませておいて、心が『万葉集』に向いたとき、万葉への入口を開いてみて欲しい。そして、歌と写真とが放つ心のざわめきを感じとって欲しい。いや、歌と写真がざわめきを放つのではない。それは、歌と写真に触発された貴方自身の心のざわめきを、貴方自身が見出した瞬間に違いない。

（村田右富実）

Contents

巨勢山《こせやま》の　つらつら椿《つばき》　つらつらに
見つつ偲《しの》はな　巨勢の春野を

坂門人足《さかとのひとたり》

巻1・五四

巨勢山（奈良県御所市）　MAP：P94

ありつつも　君をば待たむ
うちなびく　我が黒髪に　霜《しも》の置くまでに

❖ 磐姫《いはのひめ》 ❖ 巻2・八七 ❖

仁徳天皇陵（大阪府堺市）　MAP：P95

うつそみの　人なる我や
明日よりは　二上山《ふたがみやま》を　弟背《いろせ》と我が見む

❖大伯皇女《おほくのひめみこ》❖巻2・一六五❖

二上山（奈良県葛城市）　MAP：P94

けころもを　時かたまけて　出《い》でましし
宇《う》陀《だ》の大野は　思ほえむかも

❖舎人《とねり》❖巻2・一九一❖

阿騎野（奈良県宇陀市）　MAP：P94

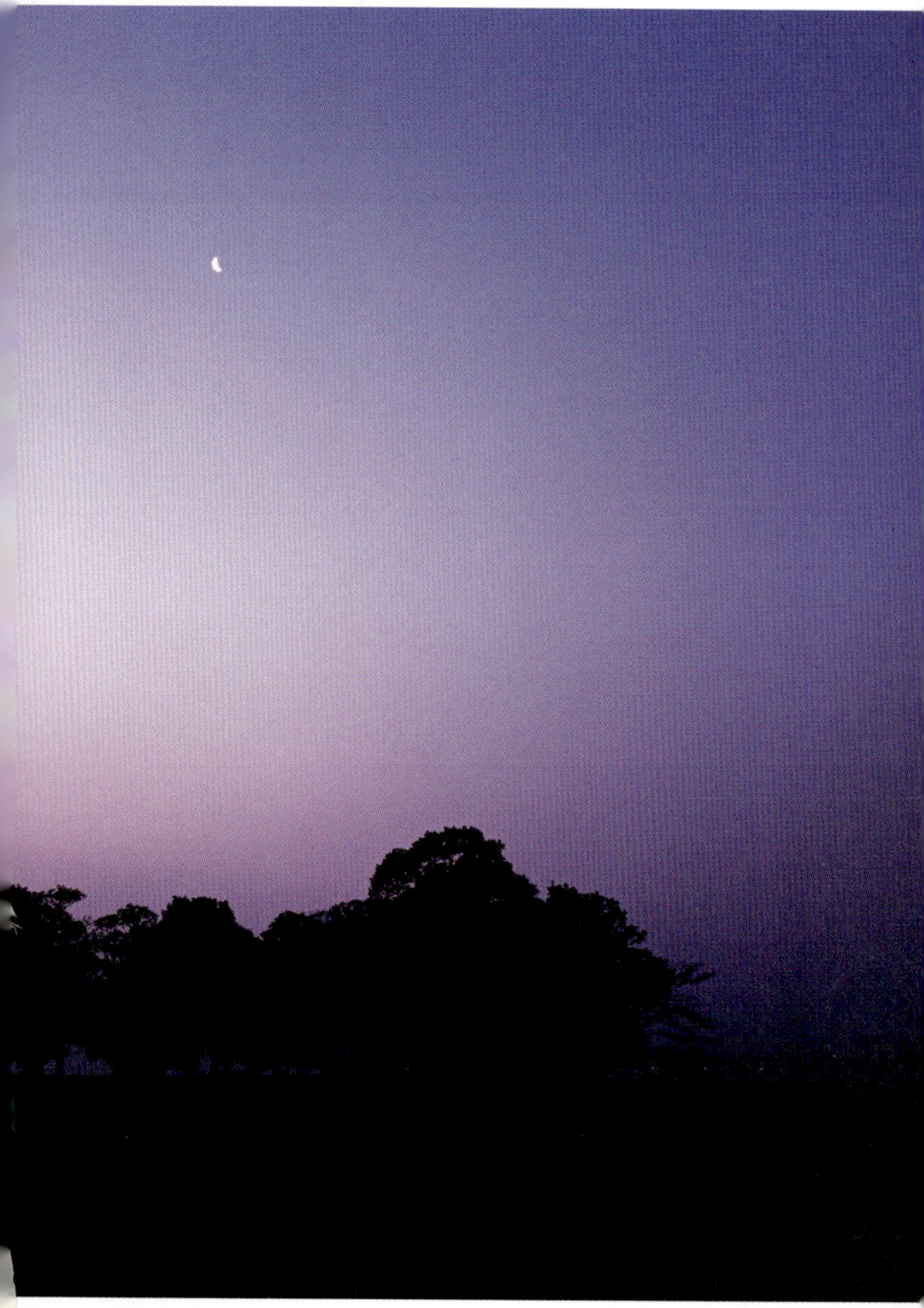

ひさかたの　天《あめ》知らしぬる　君故《きみゆゑ》に
日月も知らず　恋ひ渡るかも

❖柿本人麻呂《かきのもとのひとまろ》❖巻2・二〇〇❖

藤原宮跡（奈良県橿原市）　MAP：P94

降る雪は　あはにな降りそ
吉隠《よなばり》の　猪養《ゐかひ》の岡《をか》の　寒《さむ》からまくに

❖穂積皇子《ほづみのみこ》❖巻2・二〇三❖

吉隠の里（奈良県桜井市）　MAP：P94

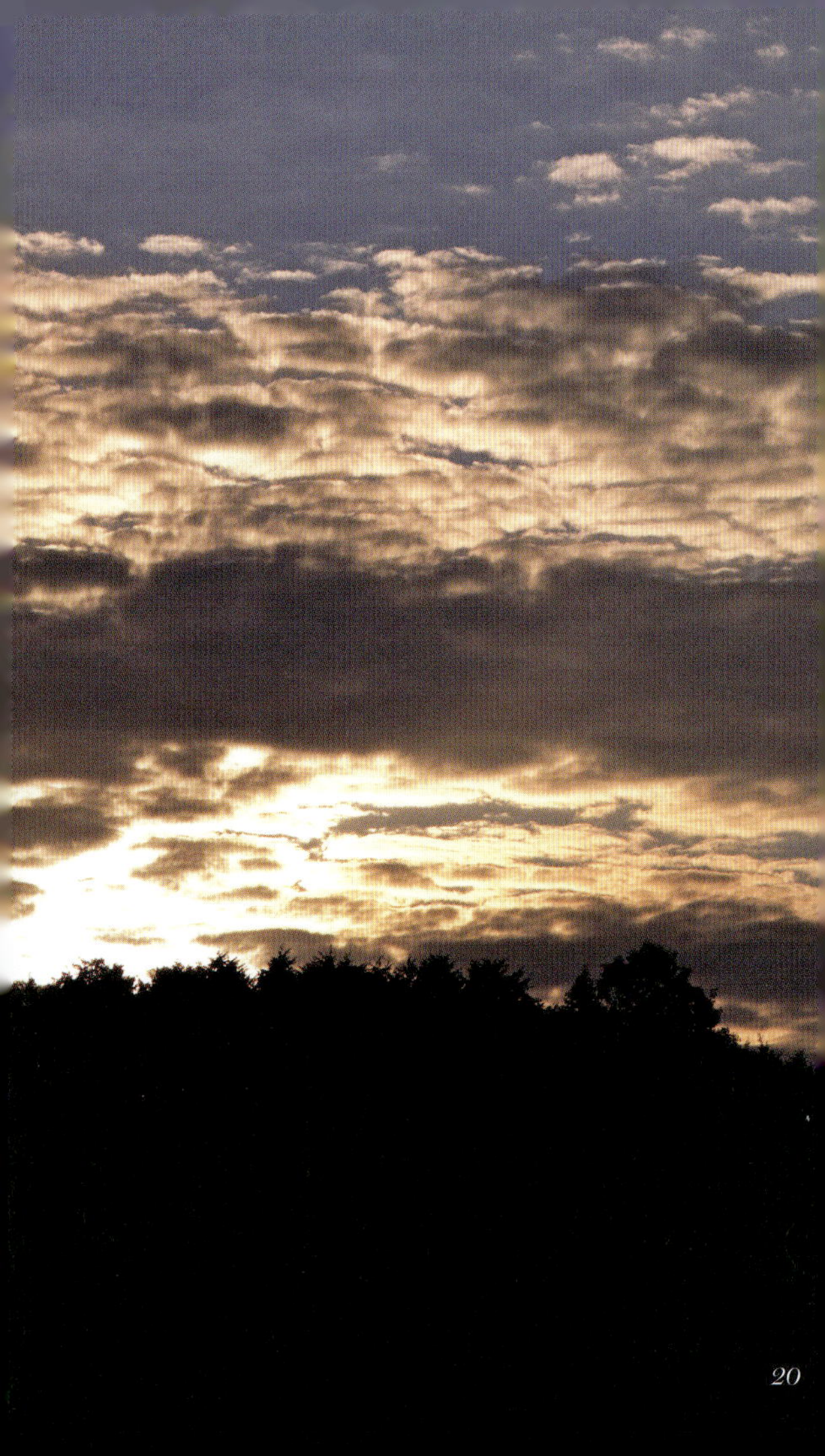

大君《おほきみ》は　神にしませば
天雲《あまくも》の　雷《いかづち》の上《うへ》に　廬《いほ》りせるかも

❖柿本人麻呂《かきのもとのひとまろ》❖巻3・二三五❖

雷丘（奈良県明日香村）　MAP：P94

燈火《ともしび》の　明石大門《あかしおほと》に　入らむ日や
漕ぎ別れなむ　家のあたり見ず

❖柿本人麻呂《かきのもとのひとまろ》❖巻3・二五四❖

明石海峡（兵庫県明石市）　MAP：P95

もののふの　八十《やそ》宇治川《うぢがは》の　網代木《あじろぎ》に
いさよふ波の　行くへ知らずも

❖ 柿本人麻呂《かきのもとのひとまろ》 ❖ 巻3・二六四 ❖

宇治川（京都府宇治市）　MAP：P95

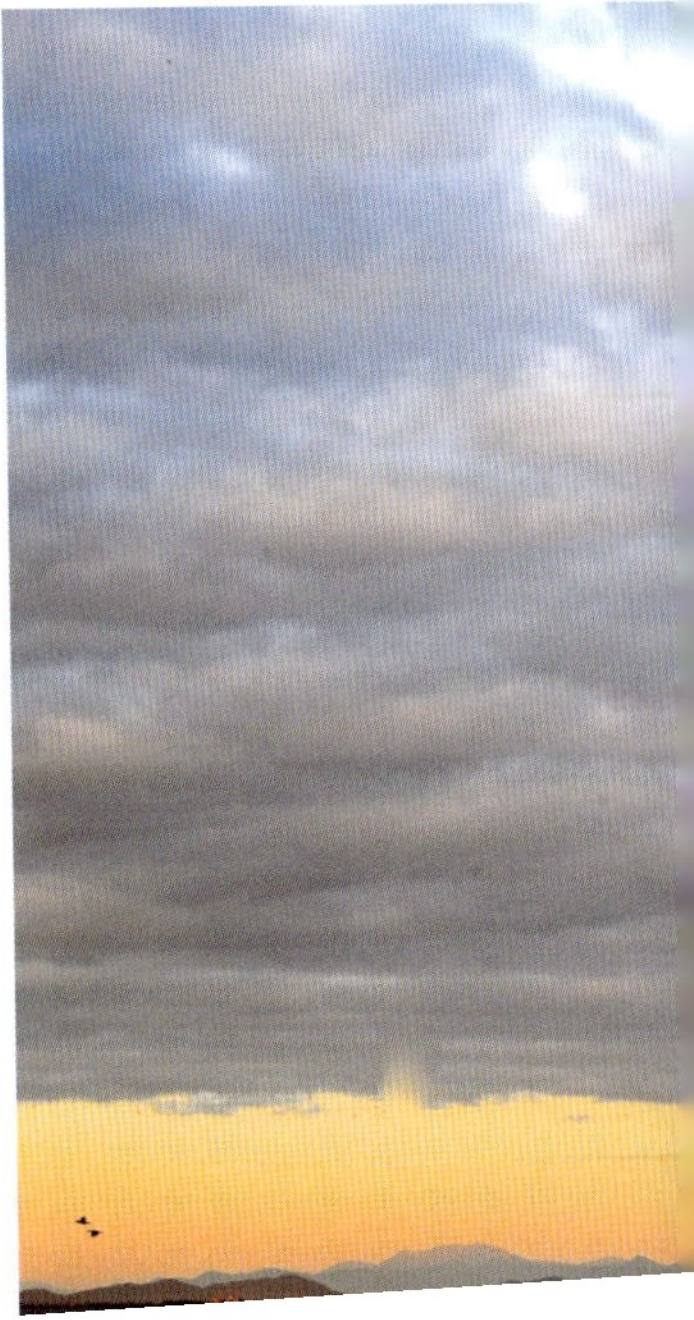

琵琶湖（滋賀県大津市）　MAP：P95

近江《あふみ》の海　夕波《ゆふなみ》千鳥《ちどり》　汝《な》が鳴けば
心もしのに　古《いにし》へ思《おも》ほゆ

❖柿本人麻呂《かきのもとのひとまろ》❖巻3・二六六❖

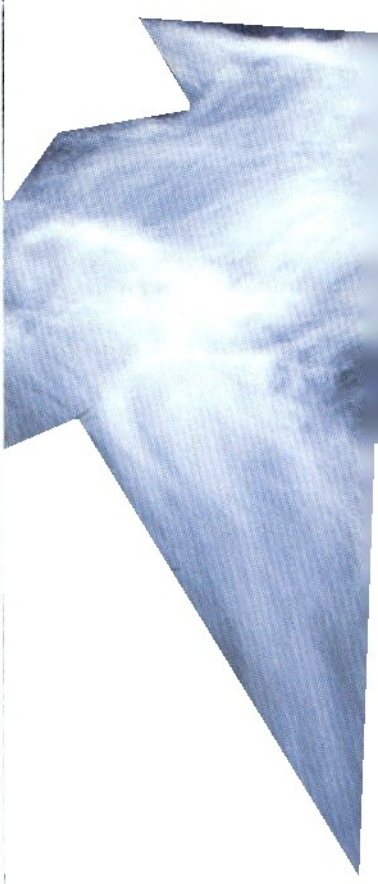

昔《むかし》見《み》し　象《きさ》の小川を　今見れば
いよよさやけく　なりにけるかも

❖大伴旅人《おほとものたびと》❖巻3・三一六❖

喜佐谷川（奈良県吉野町）　MAP：P94

あをによし　奈良の都は
咲く花の　にほふがごとく　今盛りなり

❖小《を》野《のの》老《おゆ》❖巻3・三二八❖

平城宮跡（奈良県奈良市）　MAP：P94

葦辺《あしべ》には　鶴《たづ》がね鳴きて
湊風《みなとかぜ》　寒く吹くらむ　津乎《つを》の崎はも

❖若湯座王《わかゆゑのおほきみ》❖巻3・三五二❖

琵琶湖（滋賀県長浜市）　MAP：P95

君に恋ひ　いたもすべなみ

奈良山の　小松が下《もと》に　立ち嘆くかも

❖ 笠郎女《かさのいらつめ》 ❖ 巻4・五九三 ❖

平城山（奈良市）　MAP：P94

荒《あら》野《の》らに　里はあれども
大君の　敷《し》きます時は　都となりぬ

❖ 笠金村《かさのかなむら》 ❖ 巻6・九二九 ❖

難波宮跡公園（大阪市）　MAP：P95

直越《ただこ》えの　この道にてし
おし照るや　難波《なには》の海と　名付けけらしも

❖ 神社老麻呂《かむこそのおゆまろ》 ❖ 巻6・九七七 ❖

生駒山（奈良県生駒市）　MAP：P94

世間《よのなか》を　常なきものと　今そ知る
奈良の都の　うつろふ見れば

❖作者不記載❖巻6・一〇四五❖

平城宮跡・大極殿（奈良市）　MAP：94

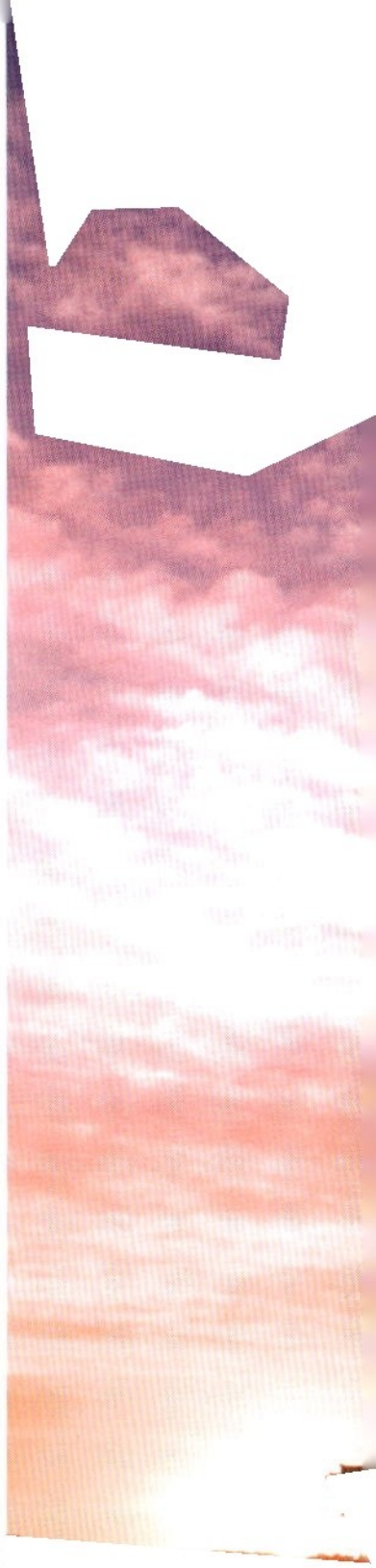

今《いま》しくは　見《み》めやと思ひし
み吉野の　大《おほ》川《かは》淀《よど》を　今日見つるかも

❖作者不記載❖巻7・一一〇三❖

宮滝（奈良県吉野町）　MAP：P94

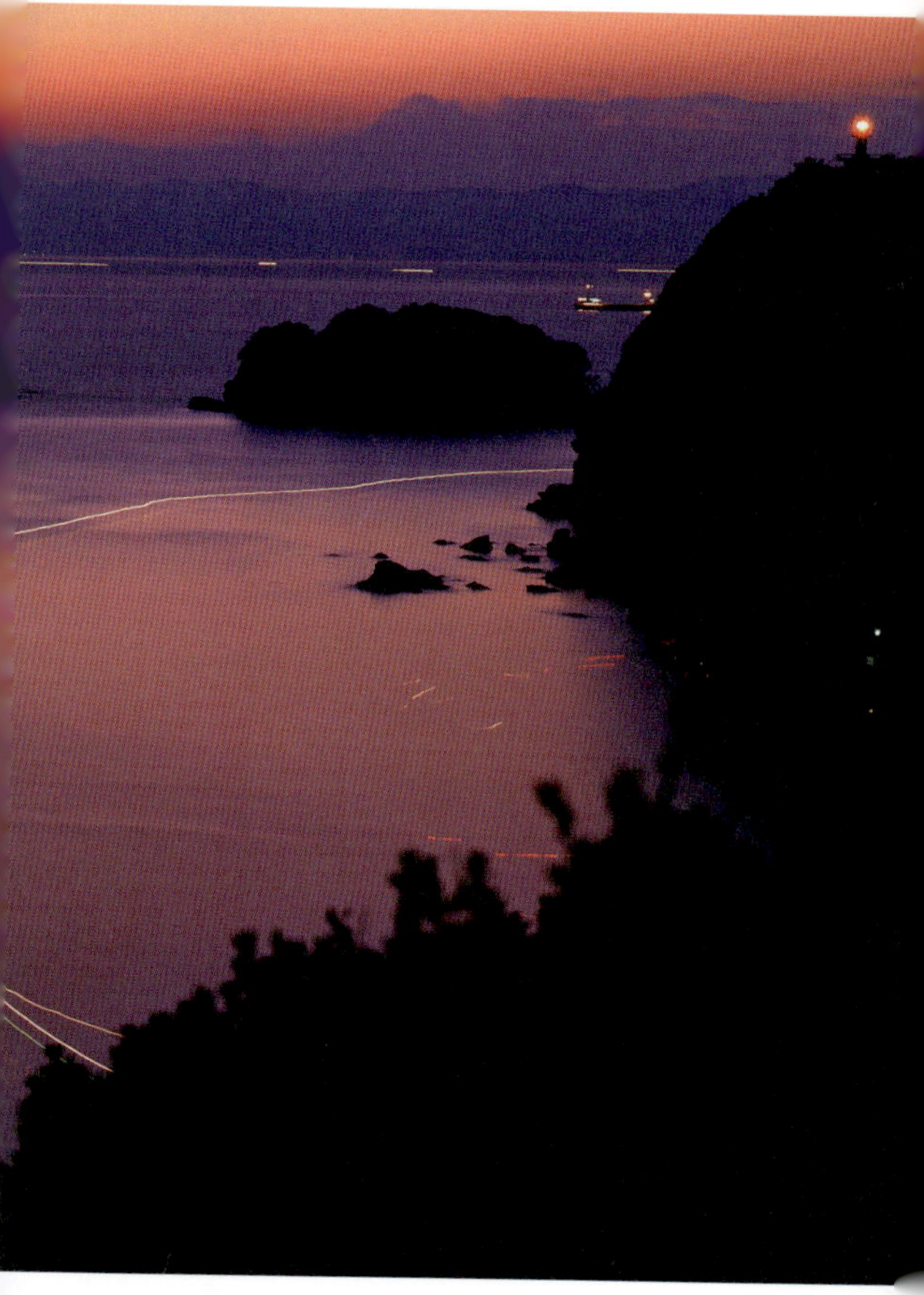

紀伊《き》の国の　雑賀《さひか》の浦に　出で見れば
海人《あま》の燈火《ともしび》　波の間《ま》ゆ見ゆ

❖作者不記載❖巻7・一一九四❖

雑賀崎（和歌山市）　MAP：P95

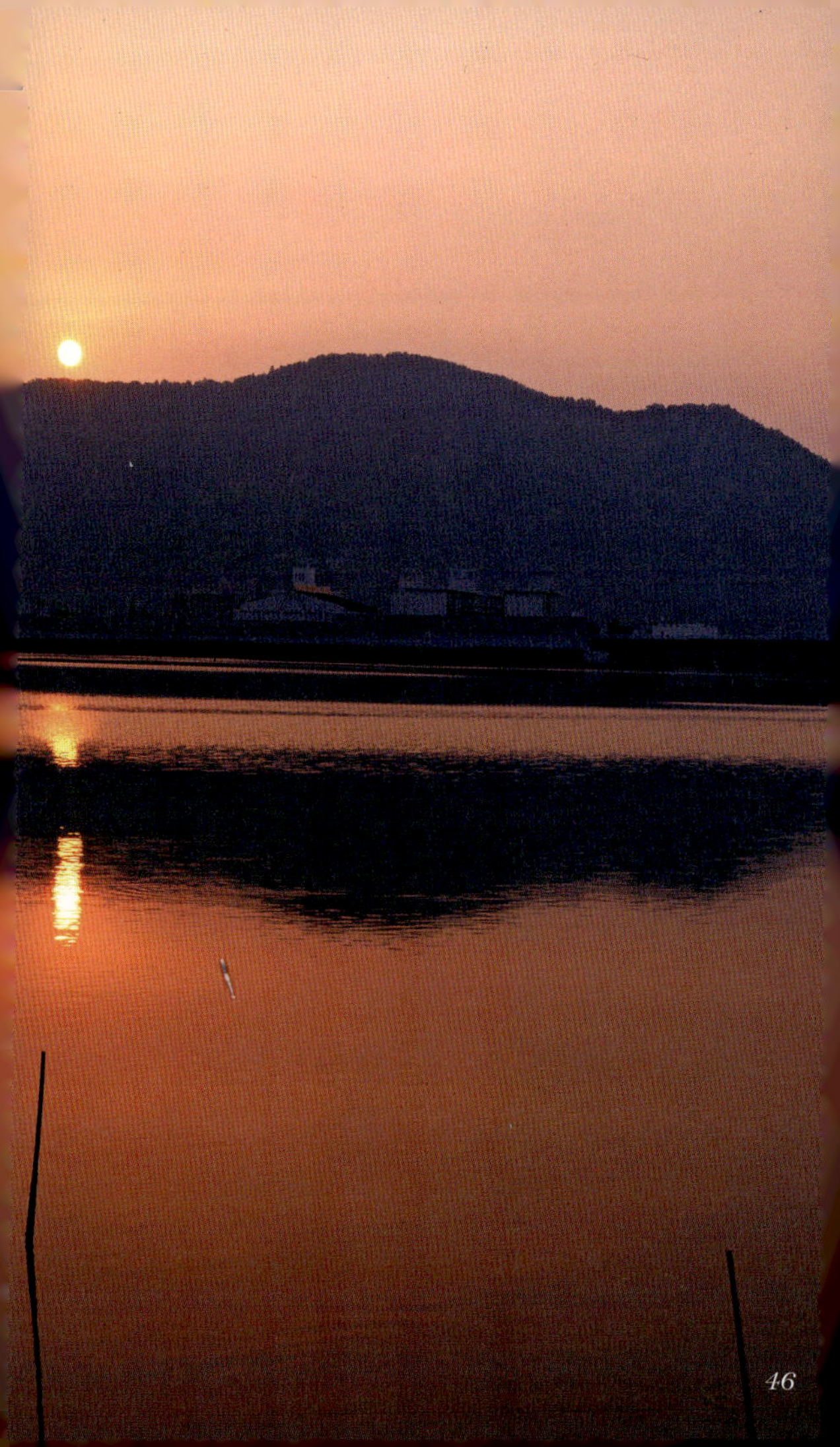

名草山《なぐさやま》　言《こと》にしありけり
我が恋ふる　千重《ちへ》の一重《ひとへ》も　慰《なぐさ》めなくに

❖作者不記載❖巻7・一二一三❖

名草山（和歌山市）　MAP：P95

梯立《はしたて》の　倉椅川《くらはしがは》の　石《いし》の橋はも

男盛《をざか》りに　我が渡してし　石の橋はも

❖柿本人麻呂歌集《かきのもとのひとまろのかしふ》❖巻7・一二八三❖

倉橋川（奈良県桜井市）　MAP：P94

春日なる　三笠の山に　月の舟出《い》づ
みやびをの　飲む酒坏《さかづき》に　影に見えつつ

❖作者不記載❖巻7・一二九五❖

春日山（奈良市）　MAP：P94

うまさけ　三輪《みわ》の祝《はふり》が　山照らす

秋の黄葉《もみち》の　散らまく惜しも

❖長屋王《ながやのおほきみ》❖巻8・一五一七❖

三輪山（奈良県桜井市）　MAP：P94

めづらしき　君が家なる　はだすすき
穂に出づる秋の　過《す》ぐらく惜しも

❖石川広成《いしかはのひろなり》❖巻8・一六〇一❖

平城宮跡（奈良市）　MAP：P94

我妹子《わぎもこ》が　業《なり》と作れる　秋の田の
早稲穂《わさほ》の縵《かづら》　見れど飽かぬかも

❖大伴家持《おほとものやかもち》❖巻8・一六二五❖

稲渕の棚田（奈良県明日香村）　MAP：P94

高島の　阿渡《あど》の湊《みなと》を　漕ぎ過ぎて
塩津《しほつ》菅浦《すがうら》　今か漕ぐらむ

❖小弁❖巻9・一七三四❖

琵琶湖・菅浦（滋賀県長浜市）　MAP：P95

巻向《まきむく》の　檜原《ひばら》に立てる　春霞《はるかすみ》
おほにし思はば　なづみ来《こ》めやも

❖柿本人麻呂歌集《かきのもとのひとまろのかしふ》❖巻10・一八一三❖

檜原神社（奈良県桜井市）　MAP：P94

このころの　秋の朝《あさ》明《け》に　霧《きり》隠《こも》り
つま呼ぶ鹿の　声のさやけさ

❖作者不記載❖巻10・二一四一❖

奈良公園・飛火野（奈良市）　MAP：P94

九月《ながつき》の　しぐれの雨に　濡れ通り
春日《かすが》の山は　色付きにけり

❖作者不記載❖巻10・二一八〇❖

春日山（奈良市）　MAP：P94

春柳　葛城山《かづらきやま》に　立つ雲の
立ちても居《ゐ》ても　妹《いも》をしそ思ふ

❖柿本人麻呂歌集《かきのもとのひとまろのかしふ》❖巻11・二四五三❖

葛城山（奈良県御所市）　MAP：P94

道の辺《へ》の　いちしの花の　いちしろく
人知りにけり　継《つ》ぎてし思へば

❖ 柿本人麻呂歌集《かきのもとのひとまろのかしふ》 ❖ 巻11・二四八〇異伝歌 ❖

飛鳥川（奈良県明日香村）　MAP：P94

ぬばたまの　夜《よ》渡《わた》る月の　ゆつりなば

さらにや妹に　我が恋ひ居《を》らむ

❖作者不記載❖　巻11・二六七三❖

水上池（奈良市）　MAP：P94

明日香川　明日も渡らむ
石橋の　遠き心は　思ほえぬかも

❖作者不記載❖巻11・二七〇一❖

飛鳥川・飛び石（奈良県明日香村）　MAP：P94

妹が目を　見まく堀《ほり》江《え》の　さざれ波
しきて恋ひつつ　ありと告《つ》げこそ

❖作者不記載❖巻12・三〇二四❖

土佐堀（大阪市）　MAP：P95

さ檜隈《ひのくま》　檜隈川《ひのくまがは》に　馬留《うまとど》め
馬に水《みづ》かへ　我よそに見む

❖作者不記載❖巻12・三〇九七❖

桧隈川（奈良県明日香村）　MAP：P94

磯城島《しきしま》の　大和《やまと》の国に
人《ひと》二人《ふたり》　ありとし思はば　何か嘆かむ

❖作者不記載❖巻13・三二四九❖

大和三山（奈良県橿原市）　MAP：P94

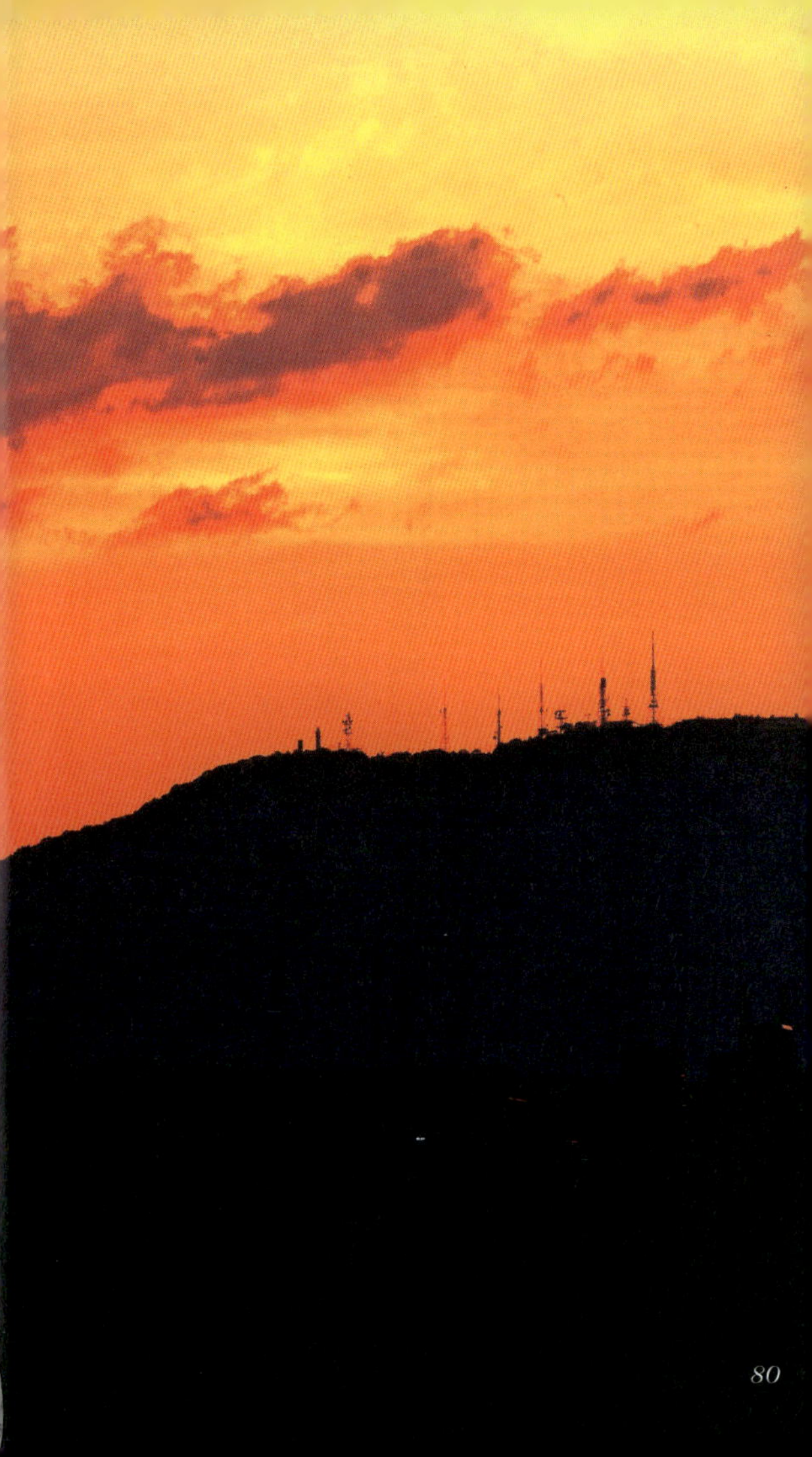

夕されば　ひぐらし来《き》鳴《な》く
生駒山《いこまやま》　越えてそ我が来る　妹《いも》が目を欲《ほ》り

❖遣新羅使人❖巻15・三五八九❖

生駒山（奈良県生駒市）　MAP：P94

橘《たちばな》の　寺の長《なが》屋《や》に　我が率《ゐ》寝《ね》し
うなゐ放《はな》りは　髪《かみ》上《あ》げつらむか

❖作者不記載❖巻16・三八二二❖

橘寺（奈良県明日香村）　MAP：P94

新《あらた》しき　年の初めは

いや年に　雪《ゆき》踏《ふ》み平《なら》し　常《つね》かくにもが

❖ 大伴家持《おほとものやかもち》 ❖ 巻19・四二二九 ❖

平城宮跡（奈良市）　MAP：P94

高円《たかまと》の　野の上《へ》の宮は　荒れにけり
立たしし君の　御代遠《みよとほ》そけば

❖大伴家持《おほとものやかもち》❖巻20・四五〇六❖

高円山（奈良市）　MAP：P94

解説

P9

七〇一年の紀伊行幸の折の歌。ここを南下して、吉野川に出るのが和歌山へのコースだった。

　巨勢山のつらつら椿のようにつらつら見ながら思い起こそう。巨勢の春野を（坂門人足（さかとのひとたり）―伝未詳）

P11

「霜の置くまで」の解釈は、「夜が明けるまで」と「白髪になるまで」で割れている。お好きな方で。

　このままあなたの訪れを待っていましょう。この黒髪に霜が降るまで（磐姫（いはのひめ）―仁徳天皇の皇后。『古事記』では嫉妬深い女性として描かれる）

P13

弟は大津皇子。謀反の罪を着せられて処刑された。二上山に墓を移した時の歌。

　この世に生きる私は、明日からは二上山を我が弟として見るのか（大伯皇女（おほくのひめみこ）―天武天皇の皇女）

P15

前歌に続き挽歌。こちらは皇太子・日並皇子が亡くなったときの悲しみの歌。想い出の共有が悲しい。

　その時を待って猟に出掛けた大宇陀のことが思われる（舎人（とねり）―日並皇子の近くに仕えた者。名前は伝わらない）

P17

こちらは、時の太政大臣（今の総理大臣）・高市皇子への挽歌。

　死んでしまった皇子様なのに、時が経つのも忘れてお慕い続けることよ（❶柿本人麻呂（かきのもとのひとまろ）―七世紀後半の宮廷歌人。『万葉集』随一の歌人といわれる）

P19

遠く、恋人（但馬皇女（たぢまのひめみこ））の墓を思いやる挽歌。

　雪よ、そんなに降るな。吉隠の猪養の岡が寒いだろうから（穂積皇子（ほづみのみこ）—天武天皇の皇子）

P21

王権を讃美する。天皇を神とする現（あき）つ神思想の歌。

　大君は神様なので、雷丘の上に廬（いおり）を作ってそこにいらっしゃる（柿本人麻呂—❶参照）

P23

瀬戸内海を西下する歌。明石海峡は近畿の西限だった。ここを過ぎると異国。

　明石海峡に入る日には漕ぎ別れるだろう。家のあたりも見ずに（柿本人麻呂—❶参照）

P25

「網代木」は漁具の一種。行き先を失った水の流れに己の運命を見出す。

　宇治川の網代木に漂う波はどこに行くのだろう（柿本人麻呂—❶参照）

P27

二十年ほど前の戦乱で滅亡した都が琵琶湖のほとりにあった。千鳥の鳴き声が悲しい。

　近江の海。夕暮れ。波。千鳥。お前が鳴くと昔が思われる（柿本人麻呂—❶参照）

P29

象の小川は吉野離宮のすぐそば。マイナスイオンを感じさせる。

　昔見た象（きさ）の小川を、今見ると、いよいよさやけくなっていることだ（大伴旅人（おほともの たびと）—八世紀前半の官人。『万葉集』の編纂者とされる大伴家持の父）

P31

一番有名な歌かも知れない。ただ、この歌は大宰府での詠。平城京を想像している。

　奈良の都は咲いている花が照り輝き、薫るように今真っ盛りだ（小野老（をののおゆ）—八世紀前半の官人。大宰府で亡くなる）

P33

以前訪れたことのある旅先が心を占める。どんな想い出があったかは歌われない。

P35

葦辺には鶴が鳴き、船着場には冷たい風。そんな津乎の崎を思いおこす（若湯座王（わかゆゑのおほきみ）―伝未詳。「王」とあるので、天皇の孫か）

P37

片思いの辛さ。こう歌われた男は心を開くのか。あまりうまく行かなかったようである。

あなた恋しさがどうしようもなくて、奈良山の小松の下で嘆いています（笠郎女（かさのいらつめ）―伝未詳。家持との贈答歌に登場する）

P39

難波宮行幸時の歌。焼亡後、復興の途中であった。

荒れ果てた里だけれど、大君がいらっしゃるので、ここは都（笠金村（かさのかなむら）―八世紀前半の宮廷歌人）

「押し照るや」は「難波」の枕詞。山を越えて大阪湾が目に入ったとき、枕詞の意味を悟る。

生駒越えのこの道、「押し照るや　難波」とはよくいったものだ（神社老麻呂（かむこそのおゆまろ）―伝未詳）

P41

平城京は、荒廃した時期があった。知識として知っていることと実感との差は大きい。

この世は無常だと今知った。奈良の都が移ろって行くのを見ると（作者不記載）

P43

吉野には、行幸以外で訪れることはほとんどなかった。諦めていた景色を見られた喜び。

しばらく見られないと思っていた、吉野川を今日見ることができた（作者不記載）

P45

大和人にとって海は憧憬の的。

和歌山の雑賀の浦を漕ぎ出すと、海人の燈火が波の間に揺れる（作者不記載）

P47

「名草山（なぐさやま）」に「慰（なぐさ）」を見出す。

名草山なんて、名前だけ。何が慰められる山だ（作者不記載）

P49

若い頃は、恋人の許に通うために、力任せに石を投げ入れて橋の代わりにしたけれど、もう今はその石はない。五七七五七七の旋頭歌。

倉橋川の飛び石よなぁ、若い頃に俺が渡した飛び石よなぁ（❷柿本人麻呂歌集（かきのもとのひとまろのかしふ）―『柿本人麻呂歌集』は人麻呂自らが編んだと考えられる歌集。現存せず『万葉集』の中にのみ見える）

P51

月が出た喜びもさながら、その月を杯の中に発見した時の喜び。いや、ただの酔っ払いか。

三笠の山に月の舟が出る。風流人が飲む杯に影を映しながら（作者不記載）

P53

花は散るし、紅葉も散るもの。それでも、少しでも長く見ていたいのは今も同じ。

三輪の神官のお山を照らす秋の紅葉、散ってしまうのが惜しい（長屋王（ながやのおほきみ）―天武天皇の孫。八世紀前半、政権を握るが、讒言により七二九年に自死）

P55

男性から男性への恋の歌。本気ではなく、恋に見立てた挨拶歌か宴席での歌。

いとしいあなたの家の薄の花が穂になってしまう秋の終わりが惜しまれます（石川広成（いしかはのひろなり）―八世紀中葉の官人。後に高円（たかまと）の姓を賜う）

P57

仲のよい二人が、ニコニコしながら歌をやりとりしている。立ち入らぬ方がよい。ただし、相手の女性も貴族なので、農業は家業ではない。

お前が家業として作った稲穂でこしらえた髪飾り、とっても可愛いよ（❸大伴家持（おほとものやかもち）―『万葉集』の編者の一人。大伴旅人の子）

P59

琵琶湖を北上していったあの舟は今頃どこを漕いでいるのか。

安曇川を漕ぎすぎて塩津菅浦の方を漕いでいるのかな（小弁―誰を指すか不明）

P61

「おほに思ふ」は、ぼんやりと思う意。男の真情とも、言い訳とも取れる歌。

巻向の檜原に立つ霞のように人並みにお前のことを思っていたら、こんな苦労してやって来るものか（柿本人麻呂歌集―❷参照）

P63

夜明けを告げる鹿の声。それは恋人との別れを惜しむ鹿の声。事情はどうあれ、よい声だ。

明け方、霧の中に鳴く妻呼ぶ鹿の声はなんともいえずよいものだ（作者不記載）

P65

時雨が葉を染めて紅葉にすると考えられていた。ただ、時雨は晩秋〜初冬の雨なので、実際には少し季節があわないことが多い。

九月の時雨に春日山はすっかり色づいた（作者不記載）

P67

春柳を挿頭にするような恋人を、葛城山を遠望しては思い続ける。

葛城山に立つ雲のように、立っていても座っていてもいつもあの娘のことが頭から離れない（柿本人麻呂歌集―❷参照）

P69

「いちしろく」は現在の「著しく」。思いが余って際やかに表情に出てしまったのだろう。

いちしの花のようにはっきりと他人に知られてしまった。ずっと思い続けていたので（柿本人麻呂歌集―❷参照。この歌には小字で異伝が記されている。ここではそちらを採用した）

P71

これから先、眠れぬ夜を考えると、さらに恋人への思いが深まってしまう。

お月様が山に隠れてしまったら、今以上に恋しく思うだろう（作者不記載）

P73

この歌、難解で知られ、別解釈もある。二人の間に障害がある刹那的な男の歌としておく。

明日も明日香川を渡ってお前に逢いに行こう。遠い先のことなど思いもしない（作者不記載）

P75

誰に歌っているのか？二人を取り持つ使者だろうか？

堀江のさざれ波のように重ねて思っていると告げて欲しい（作者不記載）

P77

相手が何をしていても、それを見ているだけで幸せな時もある。長続きはしないけれど。

檜隈川のほとりで馬を降りて、馬に水を飲ませて下さい。そうすればずっと見ています（作者不記載）

P79

現代の感覚からすると不思議な歌。貴方が二人いれば、苦しさが増すだけのような気がする。

この世にあなたが二人いるとしたなら、何を嘆きましょう（作者不記載）

P81

遣新羅使の一行が難波を出航する前に、平城京に一時帰宅を許された時の歌。

夕方になると蜩が鳴く生駒山を越えて、妻に会いたくてやって来た（遣新羅使人―天平八年（七三六）に新羅国に遣わされた一団の一人。名は伝わらない）

P83

こうした間違いが起きてしまうのは、昔も今も同じ。しかし、事実かお話かは不明。

橘寺に引き入れて事成したあの娘はもうすっかり大人になったろうか（作者不記載）

P85

お正月の雪は楽しい。今も昔も同じ。

新年は毎年毎年、雪を踏みならして、こうしたいものだ（大伴家持―❸参照）

P87

聖武天皇崩御後の作。聖武は家持にとって心の支えだったといわれる。

高円宮は荒れてしまった。聖武天皇の治世が遠くなってしまったので（大伴家持―❸参照）

参考文献

『万葉集』全歌の読み下しと現代語訳が記されており、比較的入手しやすいものに限った。

小島憲之・東野治之・木下正俊『新編日本古典文学全集　万葉集』①〜④（小学館）
稲岡耕二『和歌文学大系　万葉集』一〜四（明治書院）
佐竹昭広・山田英雄・工藤力男・大谷雅夫・山崎福之『万葉集』一〜五（岩波文庫）
伊藤博『万葉集釈注』1〜10（集英社文庫ヘリテージシリーズ）

P30・40・54・70・84
P34
P62
P50・64
P86
P38・80
P78
(大和三山)
P60
P18
P52
P82
P14
P48
P12
P16
P20
P66
P8
P76
P42
P28
P56・68・72
至京都
学研奈良登美ケ丘
近鉄けいはんな線
生駒
大和西大寺
至京都
近鉄奈良
近鉄奈良線
近鉄橿原線
近鉄生駒線
第二阪奈有料道路
奈良
郡山IC
天理IC
近鉄郡山
郡山
天理
JR大和路線
名阪国道
王寺
平端
近鉄天理線
JR桜井線
至天王寺
田原本
京奈和自動車道
西名阪自動車道
高田
近鉄南大阪線
大和八木
榛原
桜井
南阪奈道路
葛城IC
尺土
近鉄御所線
橿原神宮前
飛鳥
近鉄御所
御所
JR和歌山線
壺阪山
吉野口
近鉄吉野線
吉野山
五条
至和歌山
369
25
169
24
370
166

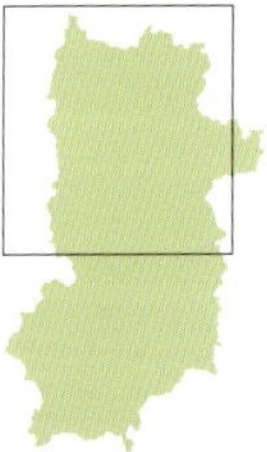

畿内広域
MAP

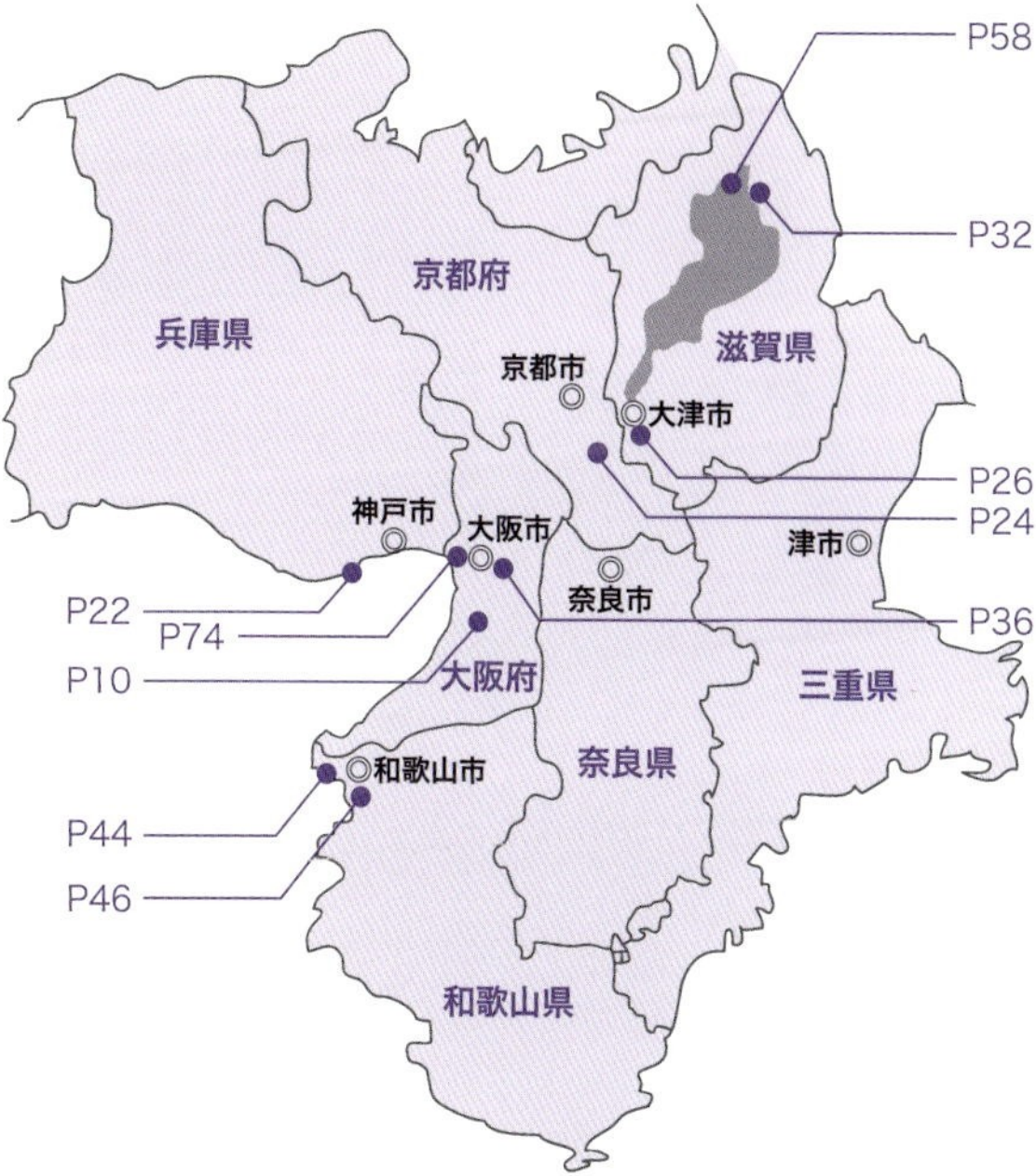
P58
P32
京都府
兵庫県
滋賀県
京都市
大津市
P26
P24
神戸市
大阪市
津市
奈良市
P22
P74
P36
P10
大阪府
三重県
和歌山市
奈良県
P44
P46
和歌山県

村田右富実（むらた・みぎふみ）

1962年、北海道生まれ。大阪府立大学教授。上代日本文学専攻。博士（文学）。上代文学、とりわけ『万葉集』を中心として、和歌の成立などを研究テーマとする。主著『柿本人麻呂と和歌史』（和泉書院 上代文学会賞受賞）、『日本全国 万葉の旅「大和編」』（小学館）など著書多数。『よみたい万葉集』（西日本出版社）監修。

牧野貞之（まきの・さだゆき）

1935年、新潟県生まれ。写真家。奈良大和路を撮り続けた写真家・入江泰吉に師事する。1970年からフリーランスとして活躍。ライフワークとして全国各地の万葉故地を撮り続ける。日本写真家協会 会員。主著『日本全国 万葉の旅「大和編」』（小学館）など著書多数。

よみたい万葉集ポケット

万葉写真帖

監修 村田右富実／写真 牧野貞之

2016年12月5日　初版第一刷発行

発行人　内山正之

発行所　株式会社 西日本出版社
http://www.jimotonohon.com/
〒564-0044
大阪府吹田市南金田1-11-11-202
TEL.06-6338-3078　FAX.06-6310-7057
郵便振替口座番号　00980-4-181121

編集　盛喜亜矢

デザイン　石田しずこ

印刷・製本　株式会社シナノパブリッシングプレス

ISBN978-4-908443-11-4